SHOHEI
OHTANI

POR JOE TISCHLER

AMICUS LEARNING

Inspirar es una publicación de Amicus
P.O. Box 227
Mankato, MN 56002
www.amicuspublishing.us

Editores: Aidan Whitcomb and Megan Siewert
Diseñadora de la serie y libro: Kathleen Petelinsek

Library Binding ISBN: 9781645499695
Paperback ISBN: 9798892000208
eBook ISBN: 9798892000628

Créditos de Imágenes: AP Newsroom/David J. Griffin, Cover, Ben Margot, 4–5,
Daisuke Tomita/Yomiuri Shimbun, 14, David J. Phillip, 15, Kirby Lee, 12–13, Kyodo, 6,
8–9, 10, 11, 20, Lindsey Wasson, 16, 17, Shuhei Yokoyama/Yomiuri Shimbun, 18–19;
Shutterstock/Michael Kraus, 18, New Africa, 7

Impreso en China

Índice

Superestrella del béisbol

Shohei Ohtani lanza una **bola rápida** que elude al bateador. ¡Tercer strike! Batea un lanzamiento y manda la bola muy lejos, al jardín. ¡Jonrón!

Shohei Ohtani es uno de los mejores jugadores de la Liga Mayor de Béisbol (MLB). Es lanzador y bateador para Los Angeles Dodgers.

El lanzamiento más rápido de Ohtani es de 102 millas (63 km) por hora.

Originario de Japón

Ohtani nació en Japón. Es el menor de tres hermanos. Su padre y su hermano mayor jugaron béisbol amateur allá. Su madre era una gran jugadora de bádminton.

NADADOR VELOZ
Ohtani era un gran nadador en la preparatoria. Uno de sus entrenadores dijo que él habría podido llegar a los Juegos Olímpicos, en natación.

Irse con los profesionales

Ohtani tenía una gran carrera de beisbolista en la preparatoria. Él quería empezar su carrera profesional en la MLB. Pero decidió empezar en Japón. Jugó con los Hokkaido Nippon-Ham Fighters. Ellos lo reclutaron en 2012.

El primer equipo profesional de Ohtani fue los Fighters, en Japón.

Ohtani celebra una victoria después de lanzar durante todo el partido. Él no permitió que el otro equipo anotara ni una sola vez.

Jugar en Japón

Ohtani jugó cinco años con los Fighters. Era un gran jugador en dos modalidades. Es decir, alguien que lanza y también batea. Él fue jugador en los Juegos de Estrellas, cada temporada. En 2016, fue nombrado **El Jugador Más Valioso (MVP)** de la Pacific League.

ÉXITO EN EL EQUIPO
Los Fighters ganaron la Serie Japón 2016. Es la versión japonesa de la Serie Mundial de la MLB.

Ohtani firmó contrato con los Angels como agente libre.

ARTE MORENO

Cambiarse a la MLB

En 2018, Ohtani fue a jugar en la MLB. Los
Angeles Angels lo contrataron. Le permitieron
ser jugador en dos modalidades. Eso es algo
muy raro en la MLB.

Éxito temprano

Ohtani tuvo una excelente primera temporada en la MLB. Empezó 10 partidos lanzando desde el **montículo**. Bateó 22 jonrones. En 2019, no lanzó. Se lesionó el brazo. Pero aún podía batear. Bateó 18 jonrones más.

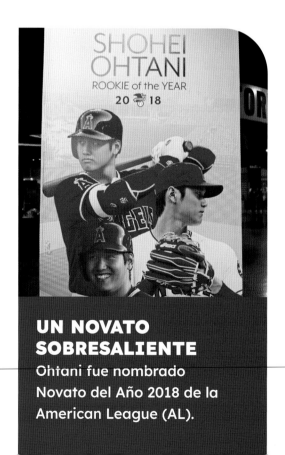

SHOHEI OHTANI
ROOKIE of the YEAR
20 18

UN NOVATO SOBRESALIENTE

Ohtani fue nombrado Novato del Año 2018 de la American League (AL).

Ohtani rodea la segunda base después de una buena bateada.

Juegos de Estrellas y premios MVP

En 2021, Ohtani jugó en su primer Juego de Estrellas de la MLB. Ganó nueve partidos en el montículo. Bateó 46 jonrones en la base. Incluso, lideró la MLB en cuanto a triples. Fue nombrado El Jugador Más Valioso de la American League.

HACER HISTORIA

Ohtani fue el primer jugador en ser seleccionado para el Juego de Estrellas de la MLB como lanzador y bateador.

Campeón mundial

Ohtani y su equipo celebran haber ganado el World Baseball Classic 2023.

Ohtani jugó en el World Baseball Classic 2023. Es un torneo donde los atletas juegan representando a su país de origen. ¡Él llevó a Japón a la victoria! Fue nombrado El Jugador Más Valioso del torneo.

MOMENTO GANADOR

A Ohtani le tocó el **salvamento** en el partido de campeonato. Para ganar el partido, ponchó a su compañero de equipo de los Angels, Mike Trout. Trout estaba jugando para los Estados Unidos.

Uno de los grandes

2023 fue otro gran año para Ohtani. Él lideró la AL con 44 jonrones. Recibió su segundo premio El Jugador Más Valioso. Después de la temporada 2023, Ohtani se cambió de equipo. Firmó un contrato de 10 años con Los Angeles Dodgers. Ohtani está en camino de llegar a ser uno de los grandes jugadores de todos los tiempos.

SHOHEI OHTANI

Nació el: 5 de julio de 1994

Lugar de nacimiento: Oshu, Iwate, Japón

Equipo actual: Los Angeles Dodgers

PREMIOS/LOGROS

El Jugador Más Valioso de la American League: 2021, 2023

Novato del Año de la American League: 2018

Atleta Varonil del Año, de Associated Press: 2021

Juegos de Estrellas de la MLB: 2021, 2022, 2023

Campeón del World Baseball Classic: 2023

El Jugador Más Valioso del World Baseball Classic: 2023

amateur Jugador al que generalmente no se le paga por jugar.

bola rápida Un tipo de lanzamiento en el béisbol donde el lanzador lanza la pelota a toda velocidad.

El Jugador Más Valioso (MVP) Premio otorgado al mejor jugador de la temporada.

montículo El pedazo de tierra ligeramente elevado desde donde lanza el lanzador.

salvamento Una estadística que se le otorga al lanzador que cierra el partido para el equipo ganador.

ÍNDICE ALFABÉTICO

Acerca del autor

Joe Tischler es editor, periodista deportivo y un ávido fanático de los deportes que vive en Minnesota. Él ha escrito sobre partidos de nivel preparatoria, universidad y profesional en los periódicos. Sus equipos favoritos son los Twins, los Vikings, los Timberwolves y los Golden Gophers.